ZULÉIMA.

I

Tiré à cent exemplaires.

ZULÉIMA.

Par Caroline Pichler.

IMITÉ DE L'ALLEMAND

PAR H. DE C.

PARIS,

IMPRIMERIE DE FIRMIN DIDOT

RUE JACOB, N° 24.

M DCCC XXV.

DÉDIÉ

A la Société des Bibliophiles français,
et aux Membres du Club de Roxburg.

⦿⦿⦿⦿⦿⦿⦿⦿⦿

Les Bibliophiles sont frères.

ZULÉIMA.

Oɴ n'a pas toujours besoin de preuves historiques pour croire à l'authenticité d'un fait, de même qu'il n'est pas toujours nécessaire de connaître l'original d'un portrait pour en affirmer la ressemblance. Ainsi, l'anecdote que l'on va lire porte en elle le cachet de la vérité. Elle ne se recommande ni par la singularité des caractères, ni par le merveilleux des évé-

nements : c'est l'histoire de deux
ames tendres, dont une véritable
sympathie avait préparé l'union,
et qui, dans une rencontre impré-
vue, parurent en quelque sorte se
reconnaître.... Mais n'anticipons
point sur les faits, et laissons au
lecteur l'intérêt de la curiosité.

L'estimable savant français,
M. Denon, raconta cette anecdote, pendant son dernier séjour à
Vienne, dans une société où je me
trouvais avec lui. Sa narration me
toucha beaucoup; tous les audi-
teurs partagèrent l'émotion que
j'éprouvais, et prirent le plus vif

intérêt à la destinée des deux amants.

A l'époque de l'expédition des Français en Égypte, un des principaux beys des Mamelouks perdit la vie en combattant à la bataille des Pyramides. Suivant les lois du pays, tous ses biens devaient tomber au fisc après sa mort ; mais sa veuve avait des reprises considérables à exercer. Se trouvant dans la nécessité d'implorer la protection du commandant français, elle se rendit au quartier-général, avec tous les documents qui pouvaient appuyer ses réclamations. L'arrivée d'une dame égyptienne de distinction, suivie d'esclaves des deux sexes, et accompagnée de toute la pompe qui, dans l'Orient, environne une femme d'un rang élevé lorsqu'elle sort du harem, attira, il est vrai, l'attention des officiers qui se trouvèrent présents ; mais, soit que des affaires importantes les appelassent ailleurs en ce moment, soit toute autre cause, l'Égyptienne resta pendant quelque temps sans que personne s'approchât d'elle. Enfin, un jeune officier (je le nommerai Alfred) traverse la salle, et, apercevant une femme voilée, il devine aussitôt qu'elle a quelque demande à faire au général en chef : il s'avance avec empressement, et se fait expliquer l'objet qui l'amène par l'interprète qui l'accompagne. L'affabilité et la complaisance de ce jeune homme, sa figure intéressante, disposent dès le premier moment en sa faveur l'Égyptienne, dont la sensibilité était déja excitée par l'espèce d'isolement où on la laissait. Elle pouvait, à travers son voile, examiner,

sans que l'officier s'en aperçût,
sa jeunesse et ses agréments. Elle
lui répond avec noblesse et mo-
destie, et lui expose le sujet de sa
démarche; il l'écoute attentive-
ment, promet de prendre avec
chaleur la défense de ses intérêts,
la prie de lui confier les papiers
qui établissent ses droits, et de
lui dire où il pourra la retrouver
dans quelques jours, pour lui
communiquer une réponse qui
sera sans doute favorable, s'il en
croit ses désirs et ses espérances. La
dame reste un moment indécise,
puis elle lui fait répondre que les

usages du pays ne lui permettent
pas de recevoir sa visite, et qu'elle
reviendra elle-même pour connaître la décision de son sort. L'officier la salue; la dame s'éloigne;
mais l'image du jeune homme, la
manière dont il s'est intéressé à
elle, quoiqu'elle lui fût inconnue,
le noble caractère qui brille dans
tous ses traits, ne s'effacèrent plus
de son cœur. Mariée, suivant la
coutume de l'Orient, sans avoir
vu auparavant celui qu'elle avait
épousé, considérée par lui uniquement comme une esclave sou-
mise à ses volontés, et privée de

toutes relations avec les autres hommes, l'aspect de ce Français si obligeant ouvre un nouveau monde à ses yeux. Emportant dans son sein un souvenir ineffaçable, elle rentre dans son harem, pensive, mais cependant plus heureuse qu'elle ne l'avait jamais été.

Zuléima (c'est le nom que nous lui donnerons) voit approcher avec une vive émotion le jour où elle a promis d'aller chercher la réponse qu'elle attend. Ce n'était plus l'inquiétude de perdre ses propriétés qui agitait son cœur; c'était le désir de revoir celui qui lui était apparu comme un être appartenant à un monde supérieur. Le jour arrive enfin : Alfred ne l'attendait pas avec moins d'impatience. Avec quel empressement et quelle satisfaction il lui annonce que toutes ses demandes lui sont accordées, et qu'elle n'a plus rien à craindre pour la conservation de ses biens. Le son de sa voix émeut Zuléima, sans qu'elle puisse comprendre ce qu'il dit : elle écoute à peine les mots que son interprète lui rend. Plongée dans une douce rêverie, elle profite de l'épaisseur de son voile, pour laisser reposer ses yeux avec passion, sur la noble figure, l'expression fine des traits et le regard de feu du jeune officier. L'interprète avait déja cessé de parler depuis quelque temps avant que Zuléima se fût aperçue qu'elle devait répondre. Elle revint enfin à elle-même, et se montra vivement reconnaissante d'un service dont le souvenir resterait toujours gravé dans sa mémoire. La conversation continua avec un intérêt toujours croissant, et chaque réponse servit à augmenter l'impression favorable qu'ils éprouvaient l'un pour l'autre.

Alfred insista avec plus de vivacité encore que la première fois, pour obtenir la permission de se présenter chez elle. Après quelques moments d'hésitation, elle lui fit répondre qu'elle se trouverait honorée et flattée de le recevoir dans son palais; qu'elle devait cependant le préparer d'avance à l'idée qu'ils ne pourraient que se parler, sans se voir. Alfred fut d'abord interdit, mais la conversation de l'Égyptienne l'intéressait déjà assez pour lui faire accepter, même avec joie, une condition aussi gênante, et le jour de l'entrevue fut fixé. Zuléima s'éloigna; les yeux du jeune homme la suivirent aussi long-temps qu'il lui fut possible. La taille, la démarche lui parurent distinguées; son imagination lui peignit le reste sous les couleurs les plus favorables.

Deux jours après, des esclaves richement habillés, lui apportèrent de superbes présents de la part de Zuléima. Il balança d'abord à les accepter, car cette conduite lui paraissait incompatible avec les idées que les Européens con-

çoivent de l'honneur, mais on
lui fit comprendre qu'il le pouvait, et qu'il le devait même, s'il
ne voulait pas offenser la dame
de la manière la plus sensible;
que l'usage de faire des cadeaux
est général dans tout l'Orient, et
qu'il est la suite ordinaire de chaque visite de cérémonie. Ce n'est
point, comme en Europe, un
moyen vénal d'obtenir une faveur
d'un homme puissant, ou bien
une manière adroite de soulager
les besoins d'un infortuné; c'est
une preuve délicate de bienveil-
lance, de reconnaissance, de res-

pect, même d'amour, qui honore autant celui qui reçoit que celui qui donne. C'est ainsi que les héros d'Homère s'offraient réciproquement, comme gage d'hospitalité, des armes, des coupes ou des vêtements précieux; et l'Orient, fidèle à ces coutumes, montre encore, après trois mille ans, les mœurs de ces temps héroïques.

Enfin arriva le jour tant désiré de l'entrevue. Que l'on ne se représente pas ici une réception comme elle se pratique en Europe. Dans un des appartements

les plus reculés de la maison, des-
tiné spécialement à cet usage, est
pratiquée, comme dans le parloir
d'un couvent, une petite fenêtre,
avec un grillage très-serré. Der-
rière cette fenêtre, la dame que
l'on vient visiter est assise, et
placée de manière que l'étranger,
qui est en dehors, ne peut pas
l'apercevoir ; elle est d'ailleurs
couverte de la tête aux pieds d'un
long voile, qui rendrait inutile
l'indiscrétion de l'étranger, s'il
ne pouvait s'empêcher de jeter
un coup d'œil par la grille.

Alfred, rempli d'espérances,
prit le chemin du palais de Zuléima; quoique les mœurs du pays
lui fussent en partie connues, il
n'avait pu cependant s'imaginer
que sa réception serait aussi sévère. On concevra facilement
combien sa surprise fut grande,
et même désagréable, lorsqu'on
le conduisit dans le parloir, lors
que la douce voix de l'invisible
parvint jusqu'à lui, à travers un
voile épais, par une fenêtre gril-
lée, et en présence d'un interprète incommode. Pourtant il ne
faut pas croire que ces conver-

sations soient aussi ennuyeuses qu'elles peuvent le paraître aux Européens accoutumés à un langage bref et concis, et à une rapide communication de pensées. L'habitant de l'Orient, calme et sérieux dans toutes ses actions, met la même lenteur dans ses discours; il fait souvent de petites pauses, et donne ainsi à l'interprète le temps de traduire ses paroles, sans retarder la conversation d'une manière sensible. Mais si cette façon de discourir peut convenir à l'étranger indifférent, au voyageur curieux, et

au négociant spéculateur, comme
elle doit paraître peu satisfaisante
à une femme sensible, à un jeune
homme impétueux! Cependant le
sens significatif des paroles, le
son argentin de la voix, chaque
expression d'une sensibilité tendre et exquise confirment le portrait qu'Alfred se forme de l'inconnue.

La contrainte qu'ils éprouvaient
parut bientôt insupportable à Zuléima. Dès la seconde visite qui
eut lieu quelques jours après,
elle fit demander à son jeune ami
s'il pouvait se décider à apprendre

la langue arabe, afin qu'il leur
devînt possible de s'entendre sans
témoins incommodes, et de pouvoir même s'écrire au besoin. Ce
désir fut un ordre pour Alfred.
Animé de toute l'ardeur de la jeunesse et de son amour, il se pro-
cura un maître de langue arabe,
une grammaire et un dictionnaire,
travailla sans relâche, et parvint
en peu de temps à pouvoir adres-
ser à Zuléima une lettre dans sa
langue. Elle reçut avec une joie
indicible cette preuve d'un sen-
timent, qui pouvait lui paraître
d'autant plus flatteur, qu'elle ne

le devait pas à des avantages ex-
térieurs, mais uniquement aux
charmes de sa conversation et de
son esprit.

Dès-lors les relations entre les
deux amants devinrent plus li-
bres et plus intimes ; elles n'eu-
rent d'autres limites que la sévère
décence des mœurs orientales.

Les devoirs qu'Alfred avait à
remplir l'empêchaient de se rendre chez celle qu'il aimait, aussi
souvent qu'il l'eût désiré ; mais
des lettres pleines de feu et d'a-
mour charmaient les heures de
l'absence, et Zuléima, de son côté,

s'occupait de lui avec toute la tendresse dont le cœur d'une femme est capable. Elle brodait de ses mains ses écharpes, les décorations de ses uniformes. Elle faisait exécuter pour lui dans son harem, avec toute la magnificence possible, les objets qui pouvaient convenir à l'équipement d'un militaire. Son occupation la plus douce et la plus importante était de songer à Alfred, de prévenir ses moindres désirs, et quand elle était privée du bonheur de le voir et de lui parler, elle voulait du moins que tout ce qu'elle faisait lui rappelât sa présence.

Les amis d'Alfred connaissaient ses relations avec Zuléima. Les uns lui portaient envie, les autres le plaignaient, craignant que le dénoûment de l'aventure ne justifiât l'incognito sévère qu'observait une femme peut-être âgée et flétrie depuis long-temps ; mais concevoir une pareille idée révoltait Alfred, et des informations prises avec soin lui avaient déja appris qu'elle était à la fleur de son âge.

Tandis que ces amants jouissaient sans inquiétude d'un bonheur aussi rare, la conjuration que les Égyptiens avaient ourdie pour expulser, par une révolte générale, des étrangers qu'ils avaient en horreur, fermentait en silence. Les principaux habitants du Caire entraient dans ce complot, et quelques indices en pénétrèrent jusque dans le séjour retiré de Zuléima. Elle apprit ce secret avec terreur. La première attaque devait être faite sur le quartier-général des Français, que les conjurés espéraient emporter d'assaut, et le jour suivant était fixé pour l'exécution de ce projet.

Le cœur de Zuléima eut à souffrir une lutte pénible : comment pourra-t-elle sauver son amant, sans trahir et perdre ses compatriotes ? Une idée soudaine s'offre à son esprit : elle écrit à Alfred, et le conjure de se rendre le lendemain chez elle, à une heure où il avait coutume d'aller au quartier-général. Le jeune homme fut surpris de recevoir de Zuléima un semblable message, car jusqu'alors elle n'avait

jamais rien exigé de lui qui fût
contraire à ses devoirs dont l'ordre lui était bien connu. Il lui
répondit, en s'excusant, dans les
termes les plus passionnés : nouvelle lettre de Zuléima qui le sup-
pliait, par tout ce qui lui était
cher et sacré, de lui accorder un
moment d'entretien avant de se
rendre au quartier-général. Il lui
fut également impossible d'accé-
der à son désir. La conduite de
Zuléima lui parut très - surprenante; mais il résolut, et le lui
manda par écrit, de voler vers
elle aussitôt qu'il aurait terminé

3.

ses affaires les plus pressantes.

Les conjurés, altérés de sang, virent avec une joie cruelle se lever le jour décisif, tandis que les Français, tranquilles et sans défiance, se livraient à leurs occupations. Alfred, préoccupé de la singulière demande de Zuléima, se dirigea à l'heure accoutumée vers le quartier-général. Il n'avait plus que deux rues à parcourir pour y arriver, lorsque tout-à-coup quatre hommes armés s'élancent sur lui, jettent sur sa tête un voile très-épais, le renversent par terre avant qu'il puisse tirer

son épée pour se défendre, et,
sans faire attention à sa fureur,
sans répondre à ses questions,
l'entraînent, en traversant, à ce
qu'il lui sembla, beaucoup de
rues. Ils s'arrêtent enfin devant
la porte d'une maison; un des
conducteurs frappe alors trois
coups, et le même signal lui est
rendu de l'intérieur. Alfred éprou-
ve, dans ce moment, quelque
crainte pour sa vie ou du moins
pour sa liberté, et il se repent
amèrement de n'avoir pas écouté
la prière de Zuléima, et de lui
avoir préparé d'avance une si vive

douleur, lorsqu'elle apprendra
son sort. Les portes s'ouvrirent
avec bruit, et Alfred entendit le
pavé d'une cour étroite retentir
sous les pas de ses ravisseurs.
Ils le font entrer dans un appartement où ils le laissent seul après
lui avoir ôté le bandeau qui cou-
vrait ses yeux. Alfred se trouva
dans une galerie très-ornée; la
porte par laquelle il avait été in-
troduit était fermée, ainsi qu'une
autre qui conduisait vraisembla-
blement dans l'intérieur de la maison. Il ne pouvait concevoir quels
projets on avait sur lui, et, par-

tagé entre la curiosité et l'inquiétude, il attendait le dénoûment
de cette aventure. Une circon-
stance contribuait cependant à
lui rendre du calme ; on lui avait
laissé son épée, et en général on
l'avait traité d'une manière qui
prouvait qu'on voulait épargner
sa personne. Un temps assez long
s'écoula, enfin la porte intérieure
s'ouvrit, deux jeunes filles entrè-
rent, saluèrent respectueusement
Alfred, et le complimentèrent au
nom de leur maîtresse qui le faisait prier de se rendre près d'elle.
Il s'empressa de leur deman-

der son nom. Les jeunes filles
sourirent et se turent. Alfred devint inquiet. Une aventure d'a-
mour de ce genre est chose com-
mune dans l'Orient, mais elle est
toujours accompagnée de beaucoup de périls. Un homme qui
a le bonheur ou le malheur de
plaire à une dame de ce pays (car
l'homme ne peut jamais avoir en
pareil cas l'initiative, puisque les
femmes ne sortent point sans
être voilées), et envers lequel elle
se permet les premiers pas, se
trouve placé entre deux écueils
également dangereux : s'il rend

amour pour amour, il doit craindre la jalousie implacable du mari ; si les charmes de la dame ne parviennent pas à le toucher, il doit redouter la vengeance de celle qu'il a dédaignée. Voilà ce qui effrayait Alfred, car il savait trop bien qu'il lui serait impossible de répondre à l'inclination de la personne qui l'avait fait enlever, quand même elle serait la plus belle de son sexe. Le rideau s'ouvrit de nouveau, et laissa pénétrer dans l'appartement une troupe de jeunes esclaves très-jolies, qui apportaient sur des coussins richement brodés un habillement complet de Musulman. Le turban, le caftan, le sabre, tout était magnifique et plein de goût, mais son cœur fut pénétré d'un doux saisissement par l'aspect de quelques dessins en broderie qui frappèrent son souvenir, et qui ressemblaient à ceux qu'il avait déja reçus de Zuléima. Serait-il possible?... se trouverait-il dans son palais?... aurait-il le bonheur de la voir dans quelques instants? Ces pensées bouleversèrent son ame, et une rougeur subite colora ses joues. Il

adressa avec précipitation mille
questions aux jeunes filles; elles
le regardaient en riant, puis se
regardaient entre elles sans lui répondre un mot; mais lorsqu'elles
le virent fixer son attention sur
la riche écharpe avec des brode-
ries en fleurs qui lui étaient bien
connues, et la saisir avec empressement, l'une d'elles s'avança, et
lui dit: « Noble Français, il est
« temps d'expliquer les énigmes
« qui doivent t'avoir intrigué de-
« puis long-temps; ton cœur ne
« t'a point abusé, tu es dans le
« palais de Zuléima: elle t'appren-

« dra elle-même le motif pressant
« qui l'a déterminée à te faire in-
« troduire chez elle d'une manière
« aussi extraordinaire. Notre de-
« voir en ce moment est de te
« présenter ce costume , en te
« priant de te conformer aux usa-
« ges du pays, qui ne permettent
« l'entrée dans l'intérieur du ha-
« rem à aucun étranger, s'il ne
« porte pas l'habit musulman.
« Aussitôt que tu auras revêtu
« celui que nous t'avons apporté,
« nous te conduirons vers notre
« maîtresse. Elle veut enfin com-
« bler tes vœux, en paraissant à

« tes yeux sans le voile qui te dé-
« robait son visage. » En achevant
ces mots, la jeune esclave s'in-
clina devant Alfred; ses compa-
gnes suivirent son exemple, et
toutes s'éloignèrent par la porte
intérieure, en laissant seul le jeune
homme étonné et ravi. A peine
avaient-elles quitté l'appartement,
à peine Alfred commençait-il à
réfléchir sur ce qu'il venait de
voir et d'entendre, que deux esclaves mâles se présentèrent pour
le servir. Ils le conduisirent d'a-
bord dans une salle de bain, et,
après lui avoir donné tous les

soins que le luxe des Orientaux
a pu inventer, ils s'occupèrent
de sa toilette, et en peu d'instants
Alfred fut transformé en Turc,
surpassant en beauté tous ceux
de cette nation. L'habit long et
majestueux, le turban richement
orné relevaient les graces nobles
de sa figure et de sa taille imposante. Les esclaves le conduisirent alors, après avoir traversé
plusieurs appartements, devant
une porte près de laquelle deux
Noirs faisaient sentinelle. Ils soulevèrent le rideau. Alfred entra
dans la première pièce du harem,

où il fut reçu par une jeune et belle Odalisque, chargée de le conduire vers Zuléima. Le moment décisif est arrivé; c'est dans un instant que son sort sera décidé; il va la voir enfin celle qu'il a tant aimée, avant de connaître ses traits. Au milieu de mille sensations diverses, ses yeux s'arrêtèrent sur les Odalisques qui l'entouraient. Elles avaient des figures charmantes, et toutes étaient dans la fleur de l'âge. Une douce voix semblait lui dire au fond du cœur: « Il est impossible que la maî- « tresse de personnes aussi jolies

« ne soit pas également favorisée
« de la nature ; si ses traits ne
« répondaient pas à son esprit,
« elle ne s'entourerait pas de com-
« pagnes par lesquelles elle serait
« éclipsée. »

Le dernier rideau fut soulevé;
des parfums de roses et d'ambre
se répandirent à l'instant autour
de lui; une femme d'une taille
majestueuse s'avança à sa rencontre; son costume était simple,
elle avait méprisé l'éclat des diamants. Alfred s'arrêta saisi d'ad-
miration; son ame toute entière
était passée dans ses yeux; une

figure céleste se présentait à lui ;
elle ouvrit ses lèvres de rose ; la
voix expressive de Zuléima pé-
nétra jusqu'à son cœur ;.... c'était
elle.... il tomba à ses pieds.

Il serait aussi impossible que
superflu d'essayer de décrire quel
fut alors le bonheur des deux
amants ; chacun de leurs souhaits
était rempli, et ils trouvaient dans
l'accomplissement de leurs vœux
la source de nouvelles jouissan-
ces. Zuléima lui expliqua les mo-
tifs d'une conduite qui avait pu
lui paraître surprenante. Le complot formé contre les Français

venait d'échouer ; son amant était sauvé, et elle se trouvait heureuse.

Plusieurs mois s'écoulèrent dans une félicité qui ne fut troublée par aucun nuage. Depuis ce moment Alfred vit son amante sans obstacle, aussi souvent et aussi long-temps que son service le lui permettait ; car Zuléima, jalouse de l'honneur de son ami, n'exigeait rien de lui qui ne fût compatible avec la plus sévère observance de ses devoirs.

Ce fut à cette époque que commencèrent les préparatifs pour

l'expédition de l'armée française
en Syrie. Aucune expression ne
peut rendre le trouble qu'éprouva
Zuléima lorsque son amant lui
en apprit la première nouvelle :
mais elle reprit aussitôt son courage ; elle combattit la faiblesse
qui la porta d'abord à donner
un libre cours à ses larmes, et à
montrer à celui qu'elle aimait
tendrement, la profonde douleur
qui déchirait son ame. Ce ne fut
plus que dans le silence de la
solitude que ses pleurs coulèrent
avec abondance ; un pressenti-
ment sinistre oppressait son sein,

et la pénétrait d'effroi, lorsqu'elle
pensait au moment où Alfred ne
serait plus auprès d'elle, où elle
ne jouirait plus de sa vue, de son
entretien ; mais elle ne voulait
pas qu'il souffrît des sombres ima-
ges qui se présentaient sans cesse
à son imagination frappée. Mon-
trant sans relâche une tranquil-
lité conquise au prix des plus
violents efforts, et une activité
qui lui fournissait l'occasion de
dissimuler ses tourments secrets,
elle s'occupait de tous les préparatifs de l'équipement et du dé-
part d'Alfred. Elle surveilla tout,

elle soigna jusqu'à ses armes, elle lui offrit, au moment de leurs pénibles adieux, les plus beaux chevaux arabes qu'elle put trouver. Enfin, comme une seconde Panthée, elle se sépara de son Abradate avec un courage héroïque et une entière résignation à son sort.

L'histoire de la campagne de Syrie est connue. Beaucoup de Français y trouvèrent leur tombeau; beaucoup d'autres revinrent blessés. Alfred, animé par le souvenir de son amie, fit des prodiges de valeur; mais il ne

put échapper à sa cruelle destinée. Au milieu d'une expédition
glorieuse, que son général lui
avait confiée, et qu'il avait exé-
cutée avec autant de prudence
que de fermeté, une balle enne-
mie frappa sa poitrine. Il tomba,
et fut transporté loin du champ
de bataille. Le chirurgien, qui
accourut à l'instant, déclara que,
quoique la blessure ne fût pas
mortelle, elle était cependant dan-
gereuse. Heureusement l'armée
commença sa retraite quelques
jours après, et reprit le chemin
de l'Égypte. Il était impossible à

Alfred de faire la route à pied ; il pouvait encore moins supporter le cheval, mais ses qualités aimables l'avaient rendu cher à tous ses camarades et à ses subordonnés. Chacun s'imposa avec empressement quelque gêne pour adoucir sa situation. Ses soldats le portaient alternativement avec joie, et les officiers veillaient à lui procurer autant que possible tout ce qui lui était nécessaire. Ce fut ainsi qu'il fit la route. Les souhaits ardents de Zuléima paraissaient accomplis, elle allait revoir son bien-aimé. Il avait

trouvé moyen de lui donner de
ses nouvelles ; il lui avait aussi
écrit qu'il était blessé, mais la
crainte de l'inquiéter trop vivement l'avait engagé à lui céler
tout le danger de sa situation ; et
Zuléima n'avait aucune idée du
malheur qui l'attendait. Fière de
ses amours et de sa bonne répu-
tation, elle dédaigna tout dégui-
sement dans la manifestation pu-
blique de son attachement, et,
accompagnée d'un brillant cor-
tége, elle s'avança au-devant de
nos phalanges guerrières.

Lorsque l'armée française s'approcha du Caire, et que les minarets élevés, ainsi que les coupoles des mosquées, brillantes de mille feux aux rayons du soleil, lui annonçaient déja le terme prochain de ses longues fatigues, « ce fut, dit M. Denon, un spectacle beau et touchant de voir se développer une longue caravane d'esclaves richement habillés, montés sur des chevaux et sur des chameaux, et au milieu d'eux une femme belle et couverte de diamants, qui, avouant publiquement un amour sans reproches, venait pour revoir celui qui l'a-

vait fait naître.» Les troupes l'ac-
cueillirent avec respect, et quelques officiers la conduisirent vers
le lieu où son cœur l'avait devan-
cée; car, comme je l'ai déja dit,
ses liaisons n'étaient plus un secret pour les compagnons d'armes d'Alfred. Mais quelle triste
entrevue! Appuyé sur deux de
ses amis, pâle, épuisé par sa
blessure et par les fatigues d'un
pénible voyage, Alfred se pré-
sente devant elle, et, surmontant
ses douleurs, se précipite dans
ses bras. Ses funestes pressenti-
ments étaient donc accomplis!

Les guerriers touchés de pitié, formaient en silence un cercle autour de ce couple infortuné. Zuléima reprit la première tout son courage; elle se dégagea des bras d'Alfred plus pâle encore que lui, mais avec une noble dignité; elle sollicita et obtint du général la permission de faire transporter par ses esclaves l'officier blessé dans son palais. La caravane reprit lentement et en silence la route du Caire dont elle était sortie avec d'autres espérances. Zuléima se consacra entièrement au soin qu'exigeait

l'état de son amant; elle ne vivait
que pour lui et en lui. Le ravis-
sement de se voir tant aimé par
un cœur si généreux, la joie d'être
réuni, peut-être aussi le chan-
gement d'air et les soins assidus,
parurent, dans le principe, agir
efficacement sur le malade. Il
commençait à se rétablir, et déja
il pouvait se rendre avec Zuléima
dans un jardin délicieux, sur les
bords du Nil, comme ils le faisaient dans des jours plus heu-
reux. Mais ce bonheur ne dura
pas long-temps; la blessure était
trop profonde; elle brava la puis-

sance de l'art et de l'amour le plus tendre. Les forces du malade l'abandonnèrent par une insensible dégradation; il se flétrit devant les yeux de son amie, et se pencha de plus en plus vers el tombeau, dans la plénitude de la jeunesse et de l'amabilité. Zuléima désespérée, voyait le cours de cette vie qui lui était si chère, s'écouler sans pouvoir le prolonger au gré de ses désirs. Mais toujours courageuse en présence de son amant, aucune plainte ne s'échappait de sa bouche, et jamais les yeux qu'Alfred fixait tou-

jours sur elle, ne purent sur-
prendre une trace du désespoir
qui la dévorait. Lui-même con-
tenait ses regrets et ses souffran-
ces, affectant de paraître calme
pour qu'elle n'éprouvât pas une
douleur qui le touchait plus vivement que la perte de sa propre
vie, celle de la rendre infiniment
malheureuse par sa mort.... Peu
de semaines après leur réunion,
il s'éteignit dans les bras de Zuléima.

Que devint alors cette infor-
tunée? M. Denon l'ignorait; mais
il est probable qu'avec un cœur

aussi sensible, une ame aussi
noble, elle fut assez heureuse
pour ne pas survivre à son ami.